Worauf kommt es an im Leben? Was ist wichtig, was weniger? 102 Jahre alt ist Elisabeth Heller, und langsam, so sagt sie in den Gesprächen, die sie mit ihrem Sohn André geführt hat, geht es ans Verabschieden. »Innerlich sieht man sich noch jung und klettert auf Berge und segelt über den Wolfgangsee, freut sich auf den nächsten Tag«, sagt die alte Dame, die geboren wurde, als der Erste Weltkrieg ausbrach und mit gerade 19 den damals doppelt so alten Süßwarenfabrikanten Stephan Heller heiratete. Ein anderes Mal wünscht sie sich, »dass das Körperwerkl in Gottesnamen auslaufen soll« und erzählt dann munter über einen Selbstmordversuch aus Liebe – »das Blödeste überhaupt« – und über Franz Lehár am Klavier in Bad Ischl. Ein kleines Buch von großer Weisheit, würdevoll, poetisch, komisch. Und das Dokument einer späten Liebe und großen Offenheit zwischen Mutter und Sohn.

André Heller wurde 1947 in Wien geboren. Er ist einer der erfolgreichsten Multimediakünstler der Welt. Er lebt abwechselnd in Wien, Marrakesch und auf Reisen.

Elisabeth Heller wurde 1914 in Wien geboren und wuchs in ihrer Heimatstadt und in Südtirol auf. 1933 heiratete sie den Großindustriellen Stephan Heller. Nach dem »Anschluss« und in der Zeit des Zweiten Weltkriegs blieb sie mit ihrem ersten Sohn, Fritz, in Wien, während ihr Mann zuerst nach Frankreich und dann nach Großbritannien emigrierte. Nach dem Tod ihres Mannes, 1958, war sie Directrice des Haute-Couture-Salons von Gertrud Höchsmann. Sie lebt in Wien-Hitzing.

André Heller

Uhren gibt es nicht mehr

Gespräche mit meiner Mutter
in ihrem 102. Lebensjahr

btb

MIX
Papier aus verantwortungsvollen Quellen
FSC® C014496
FSC www.fsc.org

Verlagsgruppe Random House FSC® N001967

1. Auflage
Genehmigte Taschenbuchausgabe September 2018
by btb Verlag in der Verlagsgruppe Random House GmbH,
Neumarkter Str. 28, 81673 München

Bildnachweis: S. 65, 100: Albina Bauer; S. 66: Edith Barakovich; S. 77:
© Contrast/Picturedesk.com/APA; S. 87: © Georg Molterer.
Alle anderen Fotos: Archiv André Heller
Covergestaltung: semper smile, München nach einem Entwurf von
Peter-Andreas Hassiepen nach einem Entwurf von
Fuhrer Visuelle Gestaltung, Wien,
Coverfotos von Edith Barakovich, Archiv André Heller
und Albina Bauer
Druck und Einband: GGP Media GmbH, Pößneck
mr · Herstellung: sc
Printed in Germany
ISBN 978-3-442-71698-2

www.btb-verlag.de
www.facebook.com/btbverlag

Für meinen Bruder Fritz und
all seine und meine
Kinder und Kindeskinder

»Da kommt noch etwas Wichtiges«

Meine Mutter ist die tapferste Person, die ich jemals so genau kennenlernen durfte. Noch vor zwei Jahrzehnten hätte ich eine solche Behauptung nicht niedergeschrieben. Mindestens fünfzig Jahre erlebte ich sie, neben sehr viel Qualitätsvollem und Schönheitsgeladenem, das sie für mich bedeutet hat, als erstaunlich opportunistisch, stets bereit, dem jeweils Mächtigsten oder Auftrumpfendsten in einer Gesprächsrunde recht zu geben und Konflikten, wenn irgendwie möglich, aus dem Weg zu gehen. Dennoch vermutete ich relativ früh, dass sie unter dieser tragischen Schwäche litt. Ebenso wie sie einerseits den oft inhaltlich konventionellen Wortführern folgte, bewunderte sie andererseits rebellische und gegen den Strom schwimmende Persönlichkeiten zutiefst – solche, die sich eigenständig und eindeutig und auf originelle Weise zu ihren Überzeugungen bekennen.

Ihr Lieblingsschriftsteller in der Gegenwart war Thomas Bernhard, und sie las jedes der Bücher von Elfriede Jelinek und erkannte darin jene andere Möglichkeit eines unangepassten Daseins. Mir sagte sie einmal nach einem heftigen Streit: »Bitte versteh, ich halte deine Art und deine Lebensführung für völlig gerechtfertigt, aber ich könnte so nicht existieren, ich wünschte allerdings, ich könnte es.« So hat sie es sich in vielem, das sie durchaus für falsch oder für dumm oder für gefährlich in seinen Auswirkungen erkannt hat, vermeintlich komfortabel eingerichtet und gleichzeitig keinen Augenblick wirklich an diesen Komfort geglaubt. Ja, sie wurde durch diesen tatsächlich äußerst unkomfortablen Komfort nur ständig und quälend an ihren Kleinmut erinnert, den sie verachtete. Manchmal schmiedete sie wohl ernsthafte Pläne, sich aufzubäumen, und machte zu mir darüber Andeutungen. Sie wollte jenen Graben überspringen, der sie von der Verwirklichung ihres Wunsches trennte, eine selbstbewusste, konsequent für sich einstehende und Wichtiges wagende Person zu sein. Aber noch während des Anlaufs sagte ihr wohl eine leise, aber beharrliche innere Stimme, es würde letztlich mit einem Sturz in den Abgrund enden; und so schreckte sie vor dieser Einschüchterung zurück und mied das Risiko.

Dann kamen ihre späten Jahre, und ich begriff, dass meine Mutter auf etwas wartete, das sie nicht benennen konnte, das aber eine Verabredung mit ihr hatte. »Da kommt noch etwas Wichtiges«, hat sie es formuliert, und es kam tatsächlich: zunächst in zarten Wellen eine größere Gelassenheit, und dann schon etwas heftiger, so ab Ende achtzig, eine Neugier und ein Appetit auf die Früchte des Alters. Sie fühlte instinktiv, dass ihr eine reiche Ernte bevorstand, in die ihre bisherigen Erfahrungen einfließen würden. Das wirkte sich verändernd auf unsere Beziehung aus.

Ich entwickelte ein völlig neues Interesse an ihr und teilte ihre Erwartungen; gleichzeitig erwuchs ihr durch meine schöne und kluge Gefährtin Albina der erste Mensch, der sie bedingungslos liebte und einen zärtlichen, immer humorvollen Umgang mit ihr pflegte. Dies lockerte die mittlerweile einiges über Neunzigjährige, die sich immer noch in hervorragender gesundheitlicher Verfassung befand, und ließ sie empathischer und selbstzärtlicher werden. Sie sah sich und die Welt mit gütigeren Augen, ihre Gedanken und Taten wurden harmonischer und leuchtender.

Mit neunundneunzig, nun schon Tag und Nacht von herzensgebildeten Pflegerinnen der Malteser betreut, aber immer noch in ihrer Wohnung in Wien-Hietzing residierend, öffnete und durchschritt sie bisher verborgene Türen in ihrem Wesen. Und sie traute sich zu, ihr Selbstverständnis noch einmal von Grund auf neu zu gestalten. Während sie auf ihre Besucher still dem Augenblick hingegeben wirkte, hatte sich ihr Bewusstsein aufs imponierendste verändert. Sie, die ihr Leben lang vieles an Ängsten zu erleiden hatte, nahm zwei Oberschenkelhalsbrüche und deren ernste Operationen stoisch hin und ließ sich von nichts und niemandem mehr in eine Sorge drängen. In ihrem hundertzweiten Jahr schließlich, im Herbst und Winter 2015/16, wurden für etwa vier Monate zwischen uns Gespräche möglich, die mich in ihrer Klarheit, Tabulosigkeit, Originalität und Innigkeit begeisterten. Ich notierte die meisten und habe nun, selbstverständlich mit ihrem Einverständnis, entschieden, die am wenigsten intimen in einem Büchlein auch anderen zugänglich zu machen.

André Heller

Wien, im Dezember 2016

Erstes Gespräch

André: Möchtest du mir etwas sagen?

Elisabeth: Weißt du, das Reden hab ich ein Leben lang überschätzt, ich rede nur mehr das Nötigste, das Schweigen bringt für gewöhnlich höheren Genuss. Die besten Gesellschafter sind in meiner Situation Kreuzworträtsel. Da beweise ich mir, dass ich noch nicht ganz verblödet bin.

Hast du denn manchmal das Gefühl zu verblöden?

Die Angst hab ich schon, aber ich vergess nur manches, das ich wahrscheinlich auch für gar nichts mehr brauchen kann. Irgendetwas räumt in meinem Gedächtnis auf, und das Überflüssige wird ausgeschieden. Seitdem hab ich auch nie mehr Kopfweh.

Glaubst du, dass alles, was sich seit einiger Zeit in dir an Veränderungen bemerkbar macht, einen Sinn ergibt?

Ja natürlich, es ergibt einen Sinn. Ich glaub, es sind Verabschiedungen, zum Beispiel die Auhofstraße löst sich auf, und den großen Kastanienbaum vor dem Fenster, den gibt es auch schon nicht mehr.

Wie nimmst du denn das genau wahr? Ist an der Stelle des Baums jetzt eine Lücke?

Nein, keine Lücke, dort ist etwas anderes, das füllt sich.

Womit hat es sich gefüllt?

Das weiß ich nicht; es ist dort etwas anderes, ein Huschen vielleicht.

Was meinst du mit Huschen?

Na ja, ein Huschen halt, du kennst das ja, es huscht.

In meiner Welt huscht manchmal etwas vorbei.

Und in meiner Welt bleibt es. Ein Huschen, das halt bleibt.

Glaubst du, wir beide leben in unterschiedlichen Welten?

Ja, unbedingt. Du lebst in der Phantasie und ich eher sehr in der Wirklichkeit.

Wie ist das in der Wirklichkeit?

Das ist schwer zu erklären: Alles ist eben so, wie es ist, ganz wirklich eben.

Und du glaubst, in meiner Welt ist viel mehr unwirklich?

Wahrscheinlich.

[Langes Schweigen]

Ich war eine schwere Sünderin.

Das nehme ich dir nicht ab, Mami. Was hast du denn für Sünden begangen?

Da fällt mir jetzt nix ein, aber wahr ist es trotzdem.

Was ist denn das überhaupt, eine Sünde?

Schlechte Manieren im Denken und Tun. Der Mozart war auch ein Sünder.

Wie kommst du denn darauf?

Das erzählt seine Musik. Hör dir ruhig einmal Mozart an, dann weißt du es.

Mozart ist doch eher heiter und immer von großer Klangschönheit.

Vielleicht lachen seine Melodien manchmal seine Sünden aus. Eine Lachmusik.

Wer sind denn deine Lieblingskomponisten?

Der Mozart, der Schubert, der Puccini und der Richard Strauss. Der Russe ist auch gut. Den hör ich so gern.

Der Strawinsky? Oder der Schostakowitsch? Der ist großartig.

Nein, nein, ein anderer. Mit einem gepflegten Bart.

Meinst du den Tschaikowski?

Ja, den. Der konnte herrlich Klavier spielen.

Hast du ihn denn noch gekannt?

Ich weiß nicht, es kommt mir so vor. Das Klavier hatte schwarzweiße Tasten.

Mami, jedes Klavier hat das.

Elfenbein und Kohlen.

Was genau ist Elfenbein?

Das ist Gebein von Elfen, etwas sehr Seltenes und Teures.

Und Fliegenpilze sind Pilze auf Fliegen.

So ein Unsinn. Was du manchmal zusammenredest.

Sag du irgendein besonders schönes Wort.

Ein besonders schönes Wort? Schön ist ein besonders schönes Wort.

Ist sehr schön mehr als schön?

Klingen tut es weniger schön. Schön ist schöner ohne sehr.

Das finde ich auch.

[Stille]

Ich liebe dich, Mami.

Das weiß ich, ich lieb dich auch. Jetzt ist zwischen uns alles harmonisch.

Früher war das anders, wir hatten oft Streit.

Wegen der Unterschiede.

Welcher Unterschiede?

Na, der zwischen dir und mir. Ich bin ganz anders und kann nicht so schweben.

Du meinst, ich kann schweben?

Du warst manchmal so von oben herab, als ob du schweben würdest, das ist einer der Unterschiede.

Was unterscheidet uns noch?

Wir sind beide Menschen.

Du bist immer viel tapferer als ich gewesen.

Findest du? Ich bin eben so, da kann man halt nichts machen.

Du jammerst nicht bei Schmerzen, du hast jedes Unglück und viele Gemeinheiten stoisch ertragen. Ich hab dich nur einmal in siebzig Jahren richtig weinen sehen, als deine große Liebe, der Gustl[1]*, ganz plötzlich gestorben ist. Da bist du im Bett gelegen und hast fassungslos schluchzend immer wieder mindestens eine Stunde lang das Wort tot wiederholt. Immer nur tot, tot.*

Das war auch das Schrecklichste. Der Gustl war eine Freude, so etwas gibt es nur selten. Er hat französische Gedichte aufsagen können. Das kannst du nicht.

Soll ich dir eines aufsagen, halb deutsch, halb französisch?

Ja, wenn es interessant ist.

Le Bœuf, der Ochs, / La Vache, die Kuh, / Ferme la porte, / Hau's Türl zu.

Das ist alles?

Ja.

Der Gustl dreht sich im Grab um.

Wo möchtest du eigentlich begraben sein?

In der Heller-Gruft am Döblinger Friedhof.

1 Gustav Figdor, 1905 bis 1975, Gutsbesitzer

Trauung von Elisabeth und Stephan Heller,
3. Oktober 1933

Monte Carlo, 1935

Du möchtest beim Papi[1] *liegen? Das wundert mich bei eurer Beziehung.*

So schlecht war sie auch wieder nicht.

Ich hab das anders in Erinnerung. Hast du ihn denn gemocht?

Er konnte nett sein.

Wann denn?

Auf Reisen.

Ihr seid doch zu meinen Lebzeiten kaum jemals gereist. Vielleicht einmal im Sommer von St. Gilgen nach Bad Ischl zur Konditorei Zauner.

Da haben wir Walderdbeertorte gegessen.

Und der Papi war da immer so nett?

So nett war er auch wieder nicht, er konnte schrecklich sein.

Ja, vor allem.

Ich war ja so jung, wie ich ihn geheiratet hab. Knapp neunzehn. Ich hab gar nichts gewusst, und er war sehr gebildet und hat mir gleich einen Blaufuchs geschenkt, und seine Freunde waren alle wirkliche Herren, die ja mittlerweile völlig ausgestorben sind.

[Stille]

1 Stephan Heller, 1895 bis 1958, Ehemann von Elisabeth, Vater von André Heller

Diese Orchidee hat eine gute Qualität.

Woran erkennst du das?

Na, meine Augen finden die Qualität überall, wo es eine gibt. Ich habe Weltreisen unternommen, weißt du das?

Natürlich, ich hab sie dir ja geschenkt.

Aber ich war ohne dich auf den Schiffen.

Du wolltest nach dem Tod vom Gustl unbedingt einen interessanten Mann kennenlernen, und ich hab gedacht, das wäre vielleicht auf einer Kreuzfahrt möglich. Die Route ging um Südamerika herum.

Ja, ich war nie seekrank und habe jemanden kennengelernt, aber das war nix.

Es war ein Notar aus Krems. Ein Debakel. Du reist extra nach Südamerika und lernst einen Notar aus Krems kennen. Nach Krems hättest du ja mit dem Radl fahren können.

Er war keine Beautéschönheit und wollte auf hoher See immer bauernschnapsen, das verabscheue ich. Überall.

Mit den Männern hast du im Großen und Ganzen kein Glück gehabt.

Es gibt ja noch was anderes als Männer.

Meinst du Frauen?

Ich bin ja selber eine. Ich meine zum Beispiel Glocken. Kirchenglocken und Glockenspiele, die sind ein guter Eindruck.

Aber auch laut.

Laut ist der Herzschlag. Manchmal kann ich nicht einschlafen, weil er so dröhnt.

Macht dir so etwas Angst?

Ich hab keine Angst mehr, das zahlt sich nicht mehr aus.

Wieso? Du kannst noch viele Jahre leben. Als du achtzig geworden bist vor mehr als zwanzig Jahren, hast du schon gesagt, den Fauteuil lass ich nicht mehr frisch tapezieren, das zahlt sich nicht mehr aus. Jetzt wirst du wahrscheinlich bald die Johannes-Heesters-Plakette für exorbitant langes Leben erhalten.

Der Heesters[1] hat beim Singen geknödelt, aber war erstklassig für die Untreue begabt.

Was du alles weißt.

Das wissen doch alle.

Hätte er dir gefallen als Mann, der Heesters?

Er war ein Feschak, aber mir hat der Gert Voss[2] gefallen, den hab ich verehrt.

Der Gert hat dir doch tatsächlich mit dem Michael Haneke[3] *zum 95. Geburtstag einen Preis gestiftet.*

Was für einen Preis?

1 Johannes Heesters, 1903 bis 2011, in den Niederlanden geborener, meist in Deutschland arbeitender Schauspieler und Sänger

2 Gert Voss, 1941 bis 2014, deutscher Schauspieler, seit 1986 am Wiener Burgtheater

3 Michael Haneke, Jahrgang 1942, österreichischer Filmregisseur und Drehbuchautor

Gert Voss und Elisabeth in
Gardone Riviera, 2009

Dort am Kamin steht er, ich bring ihn dir.

[Elisabeth betrachtet die Glasskulptur.] Das hab ich noch nie gesehen. Wer hat das hergestellt und hingestellt?

Wahrscheinlich deine Betreuerin. Aber erhalten hast du sie in Gardone am 9. August 2011. Du hast dich damals sehr gefreut. Da steht eingraviert: »Für die schönste und eleganteste 95-jährige Dame Österreichs. Überreicht von der Fachjury Michael Haneke und Gert Voss.«

Keine Ahnung. Unglaublich, was es alles gibt, das es nicht mehr gibt in meinem Hirn.

[Pause]

Der Park ist so schön.

Der in Gardone?[1]

Ja, dein Park, den hast du zu verantworten. Edelweiß gibt es dort, und die großen Fische kann man streicheln.

Die japanischen Koi-Karpfen.

Pass gut auf, damit der Park nicht beschädigt wird. Er braucht Schutz vor Blitzen und Stürmen und vor Unvernunft.

1 Giardino Botanico Fondazione Heller am Gardasee

Alles auf Erden braucht Schutz vor Unvernunft.

So viel Schaden kommt von den Menschen. Sie trampeln über alles drüber, auch über sich selbst.

Da hast du recht. Warst du denn rücksichtsvoll dir selbst gegenüber?

Etwas mehr Schonung wäre richtiger gewesen, aber der Krieg ist eben schonungslos.

Hast du das Gefühl, im Krieg zu leben?

Du nicht? Immer ist Krieg, das ist furchtbar, die Tauben nützen gar nichts.

Wie meinst du das?

Die sollen doch Frieden bringen, und bringen ihn nie, die Tauben.

Was ist das Schreckliste, das du im Krieg erlebt hast?

Die Nächte mit den eigenen Gedanken und das Andere.

Welches Andere?

Dass Gott das zuließ.

Aber Gott hat doch damit nichts zu tun, das sind ganz allein die Menschen, die das Unglück erschaffen. Wir sind für unsere Taten verantwortlich.

Kann er nicht eingreifen, der Gott?

Für das Irdische sind ganz und gar wir zuständig.

Aber er könnte eingreifen.

Wie stellst du dir denn diesen Gott vor?

Wenn ich das wüsste. Was glaubst du?

Ich weiß, dass die Liebe das Göttliche ist, es ist in uns, und wir sind in ihm.

Na ja, wenn du das glaubst, dann kann man halt nichts machen.

Ich glaube es nicht, ich weiß es.

Sagt man nicht, ich weiß, dass ich nichts weiß?

So sagt doch der gescheite Herr.

Mit unserem Bewusstsein kann man schon ein bisschen was genau wissen. Du weißt ja auch, dass die Erde keine Scheibe ist und sich um die Sonne dreht.

Eigentlich weiß ich das nicht, ich glaub es.

Und glauben heißt nichts wissen.

Ja. Das hab ich auch schon gehört. Und jetzt bin ich müde.

Zweites Gespräch

André: Wie geht es dir?

Elisabeth: Soso, lala. Disziplin, Disziplin, Disziplin. Heute hab ich gemerkt, dass ich nicht mehr aus eigener Kraft aus dem Fauteuil aufstehen kann, das deprimiert mich schrecklich. Ich bin total auf Hilfe angewiesen, was soll das für einen Sinn haben?

Willst du sterben?

Falsch wäre es nicht.

Ich glaube, wenn du es wirklich wolltest, würdest du sterben, aber du möchtest noch hier sein und lässt nicht los. Bei der Pieps[1] *war es auch so. Wahrscheinlich gibt es noch einiges zu lernen oder zu verzeihen oder auszukosten.*

Ja, irgendetwas wird es sein. Die Kinder würden mir halt sehr abgehen, der Fritz[2] und du und die Enkel.

1 Pieps, das ist Lotte Scholdan, Jahrgang 1894, Mutter von Elisabeth Heller, vier Ehen (mit Elisabeths Vater Hans Wenig, mit Fritz Reimers, Fritz Reitler und Albert Pogazhnik)

2 Fritz Heller, geboren 1934, Sohn von Elisabeth und Stephan, Bruder von André Heller

Vordere Reihe von links:
Ferdinand, André, Elisabeth, Fritz und Irene Heller
Hintere Reihe von links:
Sandra, Tochter von Fritz und Irene, Clemens, Lysanne,
Kinder von Daniela, der zweiten Tochter
von Fritz und Irene

Du kannst auch ohne Körper mit uns kommunizieren, wir sind ja auf ewig seelisch vernetzt.

Das wäre schön, aber was ist, wenn da nichts ist?

Dann wirst du es nicht bemerken, und nichts wird dir abgehen, weil da eben nichts ist.

Hältst du das für möglich?

Nein, absolut nicht.

Ich will nach Hause.

Du bist doch zu Hause. Das ist deine Wohnung mit deinen Gegenständen, Möbeln, Büchern und Bildern.

Ich fühl mich aber hier nicht zu Hause. Es ist nicht mehr so, wie es immer war.

Was ist anders?

Ich bin anders. Irgendetwas bahnt sich an.

[Pause]

Irgendetwas bahnt sich an.

Hast du eine Vorahnung?

Ja. Im Krieg hab ich auch geahnt, dass die Bombenflieger kommen.

Die Flieger waren ja die sogenannten Feinde, aber in Wirklichkeit waren sie Teil der Befreiung.

Befreit sein ist etwas Gutes. Vielleicht kommt die Befreiung. Aber ohne Feuer. Das Feuer und der Lärm und die Explosionen dürfen nicht sein, das hält man nicht aus.

[Pause]

Aber was hält man nicht alles aus, die Folgen kommen erst später. Ich hab jetzt viel schlechtere Nerven als zu Beginn meiner vielen Abenteuer.

Ich hab so oft Angst um dich, das ist nicht leicht, so ein Kind zu haben.

Ich weiß, Mami, aber wir haben einander ausgesucht.

Vielleicht ist es so.

Ich hab genau dich als Mutter gebraucht und du genau mich als Sohn. Wir sind füreinander eine ernste Herausforderung und oft ein Ärgernis und immer ein klarer Spiegel.

Du warst ein schwieriges Kind, oft so unbegreiflich und so anders als ich und der Fritz und eigentlich alle.

Du warst mir auch in vielem ein Rätsel und der Papi noch viel mehr. Bist du dir übrigens ganz sicher, dass er mein Vater ist?

Ja natürlich! Ich war doch so treu.

Das glaubst du doch selber nicht.

[Elisbeth lacht.] Du sollst es aber glauben.

Als mein Taufpate war doch ursprünglich der Franz Lehár[1] *vorgesehen, er ist dann krank geworden und*

1 Franz Lehár, 1870 bis 1948, österreichischer Operettenkomponist ungarischer Herkunft

musste absagen. Ich hab manchmal den Verdacht oder die Hoffnung, dass er mein geheimer Vater war.

So ein Blödsinn, wir waren befreundet, aber ich war auch mit der Sophie, seiner Frau, befreundet. Sie hat mir sogar eine Brosche vererbt. Das waren doch ganz alte Leute. Nein, nein, der Papi war hundertprozentig dein Vater, den wirst du nicht los.

Würdest du ihm in der anderen Dimension gern begegnen?

Warum nicht? Ich würde ihm einiges sagen.

Zum Beispiel?

Das sag ich nur ihm.

Hat der Lehár einmal für dich Klavier gespielt?

Natürlich, öfter in Bad Ischl in seiner Villa. Da ist ihm manchmal der Staubzucker vom Schnurrbart gerieselt. Er hat gern Mehlspeisen, Krapfen oder so etwas, gegessen, die übervoll mit Zucker waren.

Etwas, was ich dich schon lange fragen will: Bist du eigentlich mit dir befreundet?

Eher nicht. Ich war mir nie besonders sympathisch. Schon weil ich so groß war. Das war immer mein Leiden. Du kannst dir nicht vorstellen, wie groß ein Meter zweiundachtzig in meiner Generation war. Riesin haben sie mich ausgespottet. Ich habe mich bemüht, gebückt zu gehen, und immer flache Schuhe getragen, damit ich kleiner wirke. Die Pieps hatte einmal die ganz schlechte Idee, mich als

Sechzehnjährige nach Salzburg zum Sommertanzkurs der Isadora Duncan[1] zu schicken. Das war im Schloss Leopoldskron, das dem Max Reinhardt[2] gehört hat. Da mussten alle um einen Baum herumhüpfen, ganz nach eigenem Gutdünken, und ich – als mit Abstand Größte – war immer der Baum. Das war ein schrecklicher Sommer, und ausnahmsweise hat es auch nie geregnet.

Du hast doch immer und zu Recht als Schönheit gegolten.

In meiner Generation war ich die Riesin, später sind die Mädeln nachgewachsen, und heute gibt es Mannequins, die sind einen Meter fünfundneunzig.

Aber dein Spitzname war Hasi. Das steht doch für etwas Kleines, Zartes.

Weil ich so scheu und zaghaft und verschreckt war. Nicht besonders lange, aber der Name ist mir geblieben.

Ich kenn dich fast nur sehr energetisch, sportlich und jahrzehntelang völlig überflüssigerweise opportunistisch.

Ich bin konfliktscheu, aber sonst nicht feig.

1 Isadora Duncan, 1877 bis 1927, US-amerikanische Tänzerin und Choreographin, Wegbereiterin des modernen Ausdruckstanzes

2 Max Reinhardt, 1873 bis 1943, österreichischer Theater- und Filmregisseur, u. a. Mitbegründer der Salzburger Festspiele

Elisabeth, Wolfgangsee 1934

Mit zunehmendem Alter bist du allerdings auch undiplomatischer geworden, und ich hab das genossen.

Das ist mir gar nicht so aufgefallen, vielleicht bin ich einfach nur schwächer geworden, und mein wahres Denken zu verbergen wurde mir zu anstrengend.

Was war das Mutigste, das du je getan hast?

Beim Schifahren auf der Streif war ich nicht schlecht, unterm Hitler bin ich zweimal vor dem Volksgerichtshof gestanden wegen Feindsender-Hören, auch um deine Mutter zu sein, braucht man viel Mut und Humor.

Drittes Gespräch

André: Was geht dir durch den Kopf?

Elisabeth: So manches.

Siehst du Bilder?

Die Blaue Grotte in Capri. In der bin ich geschwommen. Das Meer – ich wollte immer ein Haus am Meer, wenn ich an das Meer denke, werde ich traurig. Ich schwimme so gern. In Kenia bin ich auch geschwommen, und im Gardasee beim Grand Hotel in Gardone bin ich geschwommen. Nicht mehr schwimmen, das ist das Ärgste.

Und keine Besuche der Philharmonischen Konzerte mehr.

Das ist auch das Ärgste. Glaubst du, man kann in der nächsten Welt auch schwimmen und Musik hören?

Schwimmen vielleicht, im Glück, im Licht und in Harmonie. Das ist noch wunderbarer als im Indischen Ozean. Aber Klänge gibt es sicher. Sphärenklänge. So heißt ja auch ein Walzer von Josef Strauss.

Mit dem hat die Mama Heller einmal vierhändig Klavier gespielt.

Aber die war doch keine Pianistin.

Aber sehr wohlhabend.

Ich verstehe.

[Pause]

Hat sich eigentlich wieder etwas von dir verabschiedet?

Ich glaub, das Schloss Schönbrunn gibt es nicht mehr. Wenn ich es mir vorstelle, ist es nicht da.

Wenn du beim Abschied etwas von der Erde mitnehmen könntest, was wäre denn das?

Venedig.

Bitte tu es nicht. Ich hätte das steinerne Schiff noch gerne eine Weile im Irdischen. Serenissima sagen die Venezianer zu ihrer Stadt.

Serenissima, das klingt wie Sirenen. Die waren furchtbar, die Sirenen beim Fliegeralarm. So ein Heulen und Zähneknirschen. Ich bereue den Krieg sehr.

Du bist ja nicht schuld am Krieg.

Aber ich hab auch nichts dagegen gemacht.

Was hättest du denn dagegen tun können?

Ich hab etwas nicht getan, das mich in letzter Zeit immer wieder beschäftigt. Ich war am Kriegsende in Bad Ischl in einem Lazarett für Soldaten mit schweren Kopfverletzungen. Sie sind in Wasserbetten gelegen und haben geschrien, und es war unsagbares Leid. Ich musste ihre Personalien überprüfen und für sie Briefe an ihre Familien schreiben. Einer, der besonders arg dran war, hat immer meine Hand gehalten, und einmal wollte er, dass ich ihm einen Kuss gebe. Mich hat gegraust, und ich habe ihm den Wunsch verweigert. Am nächsten Morgen war er tot. Das kann ich mir nicht verzeihen. Diesen Kuss hätte ich gegen den Krieg und für den Frieden geben müssen. Verstehst du mich?

Ja, sehr, sehr gut. Gib ihm den Kuss jetzt in Gedanken, und dann ist das aufgelöst.

Geht so etwas?

Ich bin davon überzeugt. Vergib dir alles, indem du es in Gedanken noch einmal tust, und zwar so, wie du erkannt hast, dass es richtig gewesen wäre.

Dann geh jetzt bitte, ich habe viel zu erledigen.

Viertes Gespräch

André: Wie geht es dir? Träumst du viel?

Elisabeth: Tagsüber, wenn ich wach bin, schon.

Was sind das für Träume?

Besuche bei Menschen, die lange begraben sind, und wir studieren gemeinsam Landschaften, die ich nicht kenne, alles aus der Vogelperspektive.

Gefällt dir das?

Ja, da kann ich heraus aus diesem Zimmer, in die frische Luft.

Du könntest mit dem Rollator oder mit dem Rollstuhl jederzeit ins Freie.

Es ist mir unangenehm, so gesehen zu werden, es kennen mich in Hietzing ja alle. Ich wohn schon über hundert Jahre hier.

Ja, du bist ein Hietzinger Wahrzeichen, das Riesenrad von Hietzing. Aber wenn du dich nie auf der Straße sehen lässt, werden alle glauben, du seist schon tot.

Das wäre auch nicht günstig.

Ein Rollstuhl nimmt dir doch nichts von deiner Würde und Schönheit. Du wirkst doch nicht wie eine Jammergreisin, die zahnlos im Gitterbett liegt. Du bist immer

Elisabeth, Anfang 1930

elegant und gut frisiert und äußerst gepflegt, nur auf den Beinen wackelig. Es verabschieden sich eben nicht nur aus deinem Gedächtnis und deiner Wahrnehmung Dinge, sondern auch etwas die Kräfte aus den Muskeln, das ist wirklich keine Schande.

Keine Schande, aber sehr unangenehm und deprimierend.

Kann ich etwas für dich tun?

Nein, danke. Es ist, wie es ist, und man kann halt nichts machen.

Was würdest du denn anders tun, wenn du noch einmal als Frau geboren würdest?

Von Anfang an arbeiten. Von keinem Mann abhängig sein. Der Papi hat mir nicht erlaubt, selber etwas zu verdienen; eine Frau Heller arbeitet nicht, hat er gesagt, aber großzügig war er auch nicht. Als ob Arbeit etwas Peinliches wäre. Jede Frau sollte ihr ganz eigenes Leben haben und selbstbestimmt sein.

Das unterschreibe ich.

Ich hab außer am Kriegsende erst nach dem Tod vom Papi gearbeitet. Als Direktrice bei der Gertrud Höchsmann im Haute-Couture-Salon auf der Mariahilfer Straße. Das hat mir sehr entsprochen.

Aber manche deiner reichen Freundinnen haben dich dann gesnobt.

Das waren keine Freundinnen, sondern Kühe.

[Lange Pause]

Willst du eine CD hören?

Ja, bitte.

Klassik oder alte Schlager?

Alte Schlager hat der Papi gerngehabt. Einmal in der Woche ist ein Pianist gekommen, und er hat mit ihm gesungen – »Ich hab das Fräulein Helen baden sehen, das war schön.« Er hat nicht gut gesungen, aber gern. Das war in der Wohnung am Brahmsplatz.

Willst du, dass ich Charles Trenet[1] *spiele?*

Ja, der ist gut.

[Wir hören über eine Stunde Charles Trenet und singen seine wunderbaren Lieder. Mit den Füßen und Händen tanzt sie im Fauteuil sitzend. Zwischendurch sagt sie manchmal: »Das belebt.«]

1 Charles Trenet, 1913 bis 2001, französischer Sänger und Komponist

Was ist für dich Schönheit?

Die Natur und das noch nicht Verschandelte. In Kenia bei meiner Safari, die Tiere waren alle schön, Tiere überhaupt. Die Menschen, besonders die Weißen, sind noch das Misslungenste. Da hat sich der Schöpfer nicht angestrengt. Jemand, der aussieht, wie die Hedy Lamarr[1] ausgesehen hat, trifft man nur einmal im Leben. Ich hab in den dreißiger Jahren einmal am Opernball mit ihr geredet. Da hat sie noch Kiesler geheißen. Die Augen, die Haut, der Mund, neben ihr ist alles verblasst.

Und heute, gibt es da einen Filmstar, den du schön findest?

Bah, alles künstlich, schon bei den Teenagern. Man kann doch gar nichts mehr glauben. Die Gesichter sind oft ein Betrug und die Worte sowieso. Die wahre Eleganz gibt es nicht mehr.

Und früher war alles echt?

Auf jeden Fall echter, und Eleganz hat sehr viel bedeutet.

1 Hedy Lamarr, eigentlich Hedwig Eva Maria Kiesler, geboren 1914 in Wien, gestorben 2000 in Altamonte Springs, USA, österreichisch-amerikanische Filmschauspielerin, die daneben gemeinsam mit dem Komponisten George Antheil das Frequenzsprungverfahren erfand, das bis heute in der Mobilfunktechnik eine Rolle spielt.

Wer war deine interessanteste Jugendfreundin?

Wahrscheinlich die Manon Gropius, die Tochter von der Alma Mahler[1] und dem berühmten Architekten Walter Gropius[2]. Die war auch schön und ist ganz jung, so mit zwanzig, an Kinderlähmung gestorben.

Was war an ihr interessant außer ihren Eltern?

Wenn ich sie besucht hab, war dort der Werfel[3] und hat wilde Geschichten erzählt, dabei hat man seine schwarzen Zähne gesehen. In Vitrinen sind Noten und Symphonien vom Gustav Mahler gelegen, und der Carl Moll[4] hat sogar einmal eine Zeichnung von der Manon und mir gemacht. Keine Ahnung, wo die ist. Die Manon jedenfalls war rein. Bei ihrem Begräbnis war ich mit der Pieps, aber die Alma ist nicht erschienen. Das war sehr unverständlich.

Vielleicht war sie zu verzweifelt. Ein Kind zu verlieren ist ja das Entsetzlichste überhaupt.

Das ist mir Gott sei Dank erspart geblieben.

1 Alma Mahler, 1879 bis 1964, Wiener Salondame, nacheinander verheiratet mit Gustav Mahler, Walter Gropius und Franz Werfel

2 Walter Gropius, 1883 bis 1969, deutscher Architekt und Gründer des Bauhauses

3 Franz Werfel, 1890 bis 1945, österreichischer Schriftsteller mit deutschböhmischen Wurzeln

4 Carl Moll, 1861 bis 1945, österreichischer Maler des Jugendstils, Stiefvater von Alma Mahler

Vor einiger Zeit hast du einer Besucherin gesagt: Wissen Sie, mein älterer Sohn ist einundachtzig, und mein kleiner ist auch schon bald siebzig. Ich halte es durchaus für möglich, Mami, dass du uns beide überlebst.

Sag nicht so etwas Furchtbares.

Oder wir könnten zu dritt ins Altersheim übersiedeln. In ein großes Appartement.

Das ist eine Art von grauslichem Selbstmord.

Fünftes Gespräch

André: Wie geht es dir?

Elisabeth: Turbulent. Es gibt so viele Besuche.

Wer war denn da?

Heute die Groma.

Die ist doch schon vor dem Krieg gestorben.

Sie war aber doch da.

Hat sie ihren zahmen Raben mitgehabt?

Nein.

Wie geht es ihr, was hat sie erzählt?

Sie schaut aus wie immer, ein fesches Dirndl hat sie getragen. Sie wollte über das Erbe reden.

Über welches Erbe?

Die Paulus-Stube und die Weinkellerei.

Aha, und wem will sie es vererben?

Mir.

Das freut mich für dich und ehrlich gesagt auch für Fritz und mich. Das ist sehr viel wert mit den zwei schönen Barockhäusern im ersten Bezirk. Wann ist sie denn weggegangen?

Gestern Mittag.

Von links: Elisabeth, Karoline (Groma) und Lotte Scholdan, um 1930

Interessant, heute ist sie gekommen und gestern Mittag weggegangen. Schade, ich hätte sie gerne kennengelernt.

Du kennst sie doch, sie ist deine Urgroßmutter aus Kaltern.

Ich hatte noch nicht das Vergnügen, aber vielleicht kommt sie ja noch einmal zurück.

Die Groma, natürlich kennst du die, deine Urgroßmutter, die Mutter von der Pieps.

Ich weiß, wer sie ist, aber ich kann mich nicht an sie erinnern.

Das ist ja schrecklich, dass du auch schon so vergesslich bist.

Sechstes Gespräch

André: Wie geht es dir?

Elisabeth: Ich denke viel an meine Kindheit. In Niederrasen war ich glücklich am Bauernhof. Es gab eine bemalte Holztruhe, da war Brot drinnen. Manchmal hab ich die aufgemacht, nur um zu riechen. Brot ist ein wunderbarer Geruch.

Ja, du hast recht. Es ist seltsam, dass es kein Eau de Cologne gibt, das Frisches Brot heißt und so duftet. Für Männer wäre das doch sicher was.

Ja, das könnte ein Erfolg sein.

Wie hieß denn dein Parfum in den fünfziger Jahren?

Ich weiß es nicht mehr, ich weiß nur, dass es von Guerlain war.

Hast du eigentlich die Coco Chanel persönlich gekannt?

Nein, aber gesehen hab ich sie einmal in Paris auf der Straße. Die Leute sind alle stehen geblieben, haben eine Gasse gebildet, durch die sie rauchend gegangen ist. Der Papi war sehr beeindruckt.

Du nicht?

Mich hat die Herzogin von Windsor mehr beeindruckt. Vor langer Zeit in Kitzbühel bin ich

Elisabeth und André,
Anfang 1950er Jahre

ihr begegnet, wie eine Äffin hat sie ausgesehen, aber wirklich elegant, und der Schmuck, na ja, da hat ja Geld auch keine Rolle gespielt.

Welche Rolle hat Geld bei dir gespielt?

So eine mittlere. Aber die Frau Rothschild war ich nicht. Ich bin ein bescheidener Mensch, und du hast mir viel Außergewöhnliches ermöglicht an Reisen, womit ich gar nicht gerechnet hätte. Ich hab dir viel zu verdanken.

Ich dir auf jeden Fall mehr.

Wieso?

Weil du mich geboren hast. Alles, was mir im Leben begegnet ist und wovon ich lernen durfte, ist dem Umstand meiner Geburt geschuldet.

Da hast du recht.

Du bist wie bei einer Zeitung der Herausgeber. André Heller, herausgegeben von Elisabeth Heller.

[Elisabeth lacht.] Na ja, wenn du das so siehst.

So ist das, und ich bin dir unendlich dankbar.

Den Ferdinand[1], den Kiwi[2], die gäb es auch ohne mich nicht.

1 Ferdinand Sarnitz, geboren 1988, Sohn von André Heller und Sabina Sarnitz, als Musiker bekannt unter dem Namen Left Boy

2 Kiwi, Yves-Louis Kalita, Sohn von Ferdinand Sarnitz und Marie-Theres (Maite) Kalita

Ganz genau. Auch meine ganzen Arbeitsergebnisse nicht, die gelungenen und die schwächeren, auf denen die gelungenen immer aufbauen.

Dann hab ich ja mit deiner Geburt ganz schön was angerichtet.

Das kann man so sagen. Wie war denn meine Geburt?

Im Goldenen Kreuz, und der Papi hat gedrängt: Wenn das Kind nicht heute kommt, fahr ich morgen früh nach Paris. Ich glaub, er wollte zu einer Freundin. Da haben sie dann mit einer Spritze die Geburt eingeleitet. Meine Stimmung war dementsprechend.

Kein idealer Beginn.

Ein schrecklicher.

Hast du dich gegenüber dem Papi nie gewehrt?

Er war so machtvoll und dunkel. Widerspruch hat er nicht geduldet.

Mir war er immer nur unheimlich. Ein Schatten aus Blei, der sich auf mich gelegt hat.

Das ist auch von den Drogen gekommen.

Den Fritz kränkt das immer, wenn wir so über den Papi sprechen, er besteht darauf, ihn ganz anders kennengelernt zu haben. Durchaus freundlich, humorvoll und an ihm interessiert. Aber ich kann mich an keine einzige Zärtlichkeit oder ein einziges Gespräch erinnern, immer nur strenge Anweisungen.

Fritz, Elisabeth und André,
Wien-Hietzing, Elßlergasse 1947

Der Fritz war schon erwachsen, und er hat ihn vielleicht wie einen Freund empfunden. Wir, du und ich, wir waren mehr Ballast für ihn.

Bei seinem Tod war ich von einem Albtraum befreit und wusste, jetzt darf ich selbst bestimmen, wohin der Zug fährt.

Ich hab mich auch zwingen müssen, traurig zu sein. Aber so etwas darf man eigentlich nicht sagen.

Mami, jetzt darfst du schon alles sagen. Was die anderen darüber denken, kann dir völlig egal sein.

Die anderen, die gibt es doch gar nicht mehr. Ich bin die Allerletzte von den anderen, auch nicht gerade eine Gnade.

Was wäre denn eine Gnade?

Alles, was rechtzeitig geschieht, nicht vor oder nach der Zeit.

[Pause]

Die Zärtlichkeit war bei uns keine Tradition, ich bin auch kein zärtlicher Mensch. In Gedanken schon eher.

Aber deine Mutter war zärtlich.

Zu dir und zum Fritz, und zu mir nicht. Du hast sie ja zu meiner Zeit nicht gekannt.

Was war denn deine Zeit?

Wie die Pieps noch eine Femme fatale war; solche Frauen dürfen nicht zärtlich sein.

Aber du warst doch nie eine Femme fatale.

Leider nicht, denn es hat auch gute Seiten.

Welche zum Beispiel?

Man wird verwöhnt. Die Männer sind ja so dumm. Freundlichkeit ist für die meisten keine Attraktion. Warum sollte man aber zu jemandem, den man mag, schiach sein? Immerzu berechnend zu leben ist voll von eisernen Anstrengungen.

[Pause]

Es gibt so viele Sterne. Immer wieder hab ich in der Nacht den Himmel angeschaut. Schon als Kind. Das müssen ja Milliarden sein, und auf vielen davon wohnen Wesen.

Wieso weißt du das?

Ich habe einmal etwas bemerkt. So ohne Erfahrungen, wie manche glauben, bin ich nicht.

Was hast du bemerkt?

Vorgänge, Geschehnisse, dafür braucht man eine Ausbildung, darüber spricht man besser nicht.

Hast du Begegnungen mit Außerirdischen gehabt?

Das spielt sich anders ab. Man hat es im Blut.

Was meinst du genau?

Gar nichts, vergiss es, ich meine gar nichts.

Hast du viele Geheimnisse?

Einige schon, ein Mensch ohne Geheimnisse ist eine Schande.

Das ist eine interessante Theorie.

Hast du denn keine Geheimnisse?

Natürlich, aber dem Ferdinand erzähl ich eigentlich alles.

Dann sind es keine Geheimnisse mehr.

Dann bin ich ja wahrscheinlich eine Schande.

Bei Schande rasieren sie einem den Kopf.

In Frankreich hat die Resistance kurz nach dem Krieg bei Geliebten von deutschen Soldaten und Offizieren so etwas gemacht. Den Kopf rasieren, ziemlich idiotisch.

Ich hab solche Frauen gesehen, die haben sie dann noch wie Vieh durch die Ortschaft getrieben und beschimpft und angespuckt.

[Pause]

Manchmal schaust du mich an, als ob ich verrückt wäre.

Du bist ja etwas verrückt, so wie man einen Gegenstand verrückt, woanders hinbewegt. Das Alter verschiebt manches in dir.

Ja, so stimmt es, aber das ist normal. Das kommt von den vielen Tagen und Stunden, die sich anhäufen. Die wiegen schwer und brauchen Platz, und da muss eben manches beiseitegerückt werden.

Genau so ist es. Du bist verrückt, und das ist ganz normal.

Bin ich nicht irgendwie krank? Was sagt der Zembaty[1]? Wenn ich nicht krank bin, wie soll ich dann sterben?

Du bist im Grunde pumperlgsund, dein Herz ist intakt, die Leber, die Nieren, die Augen, die Lungen, alles.

Wie sterb ich dann?

Entweder es fällt ein Meteorit auf das Haus, oder vielleicht an übergroßer Müdigkeit und Schwäche. Du trinkst viel zu wenig, das trocknet die Zellen aus.

Mir ist Trinken unangenehm, ich habe nie Durst. Mastgans, die man zwingt, etwas zu sich zu nehmen, bin ich keine.

Du lässt die Flüssigkeit oft zehn Minuten im Mund; wenn man dir nicht sagt, hinunterschlucken, vergisst du darauf.

Das ist, weil ich so selten rede, außer mit ein paar Besuchern vielleicht. Wenn man redet, merkt man sofort, dass eine Flüssigkeit im Mund ist, aber das stundenlange Schweigen lässt einen völlig den Mund vergessen.

1 Christian Zembaty, Primararzt für Innere Medizin, Wien

Das versteh ich.

So vieles ist unwürdig. Das ganze sinnlose Am-Leben-Sein ohne die alte Lebendigkeit. Du kannst dir nicht vorstellen, wie demütigend es ist, auf Hilfe beim Waschen und Aufs-Klo-Gehen, Aufstehen und Anziehen angewiesen zu sein. Und innerlich sieht man sich noch jung und klettert auf Berge und segelt über den Wolfgangsee, freut sich auf den nächsten Tag. Im »Rosenkavalier« ist das so genau erkannt. Und jetzt bin halt ich die Marschallin, aber nicht nur die alte Frau, sondern gleich die älteste überhaupt, und alle wollen einen schon los sein und am meisten ich mich selbst.

Ich will dich nicht los sein, Mami. Ich will aber, dass du nicht verzweifelt bist. Es ist die schwierigste Übung deines Lebens, das Loslassen. Revolten gegen den Tod sind sinnlos, Energieverschwendung. Der Tod gewinnt am Ende in hundert Prozent der Fälle.

Ich weiß es ja, aber dieses lange, lange Warten. Und ein Röhrl Veronal[1] schlucken will ich nicht.

1 Veronal ist der Markenname eines Barbiturats, das früher als Schlafmittel eingesetzt wurde und bei unsachgemäßer Dosierung leicht zum Tod führte.

Du willst nicht selbst den Zeitpunkt bestimmen?

Vor vierzig Jahren hätte das vielleicht einen Sinn gehabt, aber jetzt zahlt es sich nicht mehr aus. Das Körperwerkl soll in Gottes Namen auslaufen, bis halt der letzte Tropfen Benzin verbraucht ist.

Wolltest du dich einmal umbringen?

Ja, wegen dem Blödesten überhaupt. Wegen einem Mann, an den ich mich nicht einmal mehr genau erinnere, ein Italiener war's, glaub ich.

Das Sterben, woran ist es damals gescheitert?

An meiner Halbherzigkeit; die meisten gescheiterten Selbstmorde sind ja nichts als Erpressungsversuche.

Oder Hilfeschreie.

Kann schon sein. Auf jeden Fall wärst du nicht geboren worden, wenn ich das damals geschafft hätte.

Es wäre ewig schade um mich, findest du nicht? Und ewig schade um die 69 Jahre, die du nicht erlebt hättest.

Natürlich.

[Pause]

Willst du fernsehen?

Nein, es gibt ja nichts Neues.

Na ja, aber die Nachrichten bringen immer frische Ware.

Alles sind doch nur Wiederholungen von Dummheit und Hass.

Und Gier und Machtstreben.

Und Neid. Neid ist, glaub ich, eine Todsünde.

Glaubst du denn an die Sünden?

Früher schon. Da war ich noch beichten. Heute nicht mehr. Vor mir selbst gibt es Sünden, aber nicht vor einem Priester. Die sollen vor der eigenen Tür kehren.

Bravo, da hast du aber von vielen Einschüchterungen Abschied genommen. Was wir jahrzehntelang über die katholische Kirche gestritten haben. An die Hölle und den Himmel hast du durchaus geglaubt und ans Fegefeuer und an die Erbsünde.

Das ist vorbei, ich glaub ja auch nicht mehr an den Nikolo und den Krampus.

Na ja, das ist nicht das Gleiche, du warst ja schon fünfzig und sechzig und hast dir noch vom Vatikan das Leben verbittern lassen.

Durch Rom fließt der Tiber.

Und durch Wien?

Die Donau.

Und durch Prag?

Die Moldau.

Und durch Paris?

Die Seine.

Und was fließt durch dich?

Auch die Donau.

Das ist in einem bestimmten Sinn richtig. Du bist eine Wienerin.

Nichts anderes.

Siebtes Gespräch

André: Wie geht es dir heute?

Elisabeth: Ich hab schon mehr gelacht.

Das glaub ich dir. Über wen konntest du denn am meisten lachen?

Über den Hans Moser[1] und den Helmut Qualtinger[2], Lachkrämpfe hab ich da bekommen. Der Moser hat sich so herrlich aufregen können. Immer mehr und mehr, bis er vor Zorn explodiert ist. Und so lustig. Der Qualtinger war auch ein Genie – Gesichter, Stimmen, Bewegungen, einmalig. Der war doch dein Trauzeuge?

Nein, der Christian Brandstätter[3] war das. Der Helmut hat damals gesagt: »Zeugen trau ich mich schon lang nicht mehr, da kommt nix Gutes dabei heraus.«

Aha, der ist auch schon tot. Die ganzen Jungen sind tot und die Alten sowieso.

1 Hans Moser, 1880 bis 1964, österreichischer Volksschauspieler

2 Helmut Qualtinger, 1928 bis 1986, österreichischer Schauspieler, Kabarettist und Autor

3 Christian Brandstätter, Jahrgang 1943, Verleger, Wien

Er ist nur knapp neunundfünfzig geworden, wie der Kurt Moldovan[1]*. Und der Keith Haring*[2]*, mit dem wir einmal im Eibenhof-Grill nachtmahlen waren, ist mit einunddreißig an Aids gestorben. Und der Begabteste von allen, der Jean-Michel Basquiat*[3]*, war noch keine achtundzwanzig. Heroinüberdosis. Und der Oskar Werner*[4]*, glaub ich, keine zweiundsechzig.*

Lauter Kinder, lauter Kinder.

Eigentlich alles Drogenopfer. Alkohol, Zigaretten, Pulverl, Sex – kann auch eine Droge sein.

Weniger ist mehr, sagt man. Zum Altwerden braucht man Disziplin. Richtig schlamperte und unachtsame Leute werden nicht sehr alt. Die Disziplin ist eine Paketschnur, die einen zusammenhält, vor allem die Gesundheit.

Da müssen wir deiner Disziplin sehr dankbar sein.

Jawohl, die tut mir gut. Man soll überhaupt sehr dankbar sein. Dem Regen, dass er regnet, den Vogerln, dass sie fliegen und zwitschern, den Kastanienbäumen, dass sie so schön blühen. Ist

1 Kurt Moldovan, 1918 bis 1977, österreichischer Maler und Graphiker

2 Keith Haring, 1958 bis 1990, US-amerikanischer Graffiti-Künstler und Maler

3 Jean-Michel Basquiat, 1960 bis 1988, afroamerikanischer Maler und Zeichner

4 Oskar Werner, 1922 bis 1984, österreichischer Burgtheater- und Filmschauspieler

doch alles nicht selbstverständlich. Eigentlich ist gar nichts selbstverständlich.

Die Dankbarkeit sollte selbstverständlich sein. Das habe ich aber erst sehr spät begriffen. Immer habe ich geglaubt, mir steht alles Gute zu; und wenn etwas nicht so war, wie ich wollte, war ich empört. Es ist unglaublich, wie lange man die wichtigsten Regeln nicht kennt. Was hältst du für eine wirklich wichtige Charaktereigenschaft?

Ich glaube, Verständnis wäre gut, man ist so oft unverständig.

Was noch?

Dass man schwimmen kann, sonst geht man unter.

Fällt dir noch was ein?

[Elisabeth denkt nach.] Genießen ist gescheit. Das Schöne auskosten.

Da hab ich noch Nachholbedarf. Ich verschling oft die Dinge und Eindrücke, und dann sind sie weg.

Du bist eben noch kein Meister.

Da kann ich dir nicht widersprechen. Bist du eine Meisterin?

Im Altwerden auf jeden Fall. Das muss man auch können. Mir dämmert jetzt einiges. Spät, aber doch.

Was zum Beispiel?

Gütig sollte man sein, aufmerksam auch und sich nie für was Besseres halten.

Hast du das oft getan?

Na ja, ich war halt die Frau Heller.

Und jetzt bist du es nicht mehr?

Das Äußere fällt ja ab. Vielleicht bin ich jetzt auf das Wesentliche reduziert.

Was wäre denn das Wesentliche?

Das, was man wirklich ist.

Du meinst, kein Getue mehr, kein Imponiergehabe, Bluffen, Schwindeln und Scheinen, sondern nur Sein.

So irgendwie, ja.

Das ist doch großartig. Seit wann hast du das verstanden?

Seit meinem Rückzug.

Also seit etwa zwei Jahren?

Ich weiß es nimmer. Uhren gibt es nicht mehr.

Jetzt wissen wir aber, warum du dir noch so viel an Schwierigem und gänzlich Neuem zumutest, weil du dabei auch neues, sehr wichtiges Wissen vermittelt bekommst.

Glaubst, anders hätte ich das nicht erfahren können?

Du hast es offenbar, wie man so klug sagt, nicht billiger gegeben.

Schade.

Besser jetzt als nie oder erst im nächsten Leben. Das Gelernte ist ja in deiner Seele gespeichert und steht dir bei künftigen Aufenthalten in einem Menschenleib zur Verfügung.

Ich weiß nicht, ob ich dir da trauen kann.

Mir musst du nicht trauen, trau dir, trau dem, was du bald über jeden Zweifel erhaben wissen wirst.

Wann?

Na ja, spätestens wenn du diesen Körper verlässt.

Das kann nicht mehr lang dauern.

Es wird so lange dauern, bis du deine irdischen Lernmöglichkeiten ausgeschöpft hast. Mir scheint aber, du bist da sehr gut unterwegs. Ich will mit dir etwas spielen: In der Mitte des Blattes Papier habe ich einen Strich gezogen. Lass uns bitte links und rechts hinschreiben, welche Art Mut wir kennen. Die hellen, leichten Begriffe links und die dunklen, schweren rechts. Oben schreib ich Mut drüber. Du kennst sicher viele Wörter, weil du ja die Kreuzworträtselkönigin bist. Also zum Beispiel links Anmut und rechts Unmut. So, jetzt bist du dran.

[Elisabeth schreibt.] Sanftmut und Missmut.

Sehr gut. Ich schreib Demut und Übermut.

Übermut kann auch etwas Gutes sein.

Du hast recht. Dann schreib Übermut auch noch einmal links hin. Und was schreibst du rechts?

[Elisabeth schreibt.] Kleinmut.

Okay. Frohgemut und Todesmut.

Und ich Großmut und Wehmut und vielleicht noch Mammut. Na ja, kommt lieber nicht.

Bravo, dein Gehirn funktioniert aufs beste. Welche dieser Mut-Arten wünschst du dir im Augenblick am meisten?

Todesmut [und schreibt es hin].

Elisabeth, Wien-Hietzing, Dezember 2015

Elisabeth, Wien 1928

Achtes Gespräch

André: Stör ich dich?

Elisabeth: Nein.

Was tust du gerade?

Ich schau in die Kindheit.

Was siehst du?

Im Volksgarten geh ich spazieren, und die Rosen blühen.

Wie alt bist du da?

Klein, noch in der ersten Schule.

Bist du glücklich?

Ja, es ist noch nix schiefgegangen.

Schaust du jetzt oft ins Früher?

Das kommt von selbst, aber meistens bin ich noch vor dem Erwachsensein.

Da bist du noch nicht die Riesin und hast dich noch lieb.

Ich war ein schönes Kind.

Ein sehr schönes, das, was man einen blonden Engel nennt. Wie aus einer Geschichte vom Peter Altenberg[1]*.*

Die Pieps war mit dem Altenberg befreundet.

1 Peter Altenberg, 1859 bis 1919, österreichischer Schriftsteller

Er hat sie verehrt. Ich habe einige Briefe und Postkarten von ihm an sie. Kannst du dich auch noch an den Adolf Loos[1] erinnern? Der hat ja unsere Villa in der Elßlergasse umgebaut. Das war der Freund vom Altenberg.

Ich glaub schon, so irgendwie. Stur war er, hat die Pieps immer gesagt.

Und an den Karl Kraus[2]?

Der war einmal in der Elßlergasse auf der Dachveranda zum Tee. Da haben sich die gescheiten Menschen versammelt. In der Sonne sind sie gelegen, in Liegestühlen. Der Friedrich Austerlitz[3]. Lauter Adoranten von der Pieps. Meine Lieblingsfreundin, die Erni Pollack, war eine Nichte vom Kraus. Die ist nach Australien ausgewandert und hat dann jedes Jahr Untersetzer aus Kork mit Eingeborenen-Zeichnungen geschickt. Das weiß ich genau.

Daran erinnere ich mich. Heute wären sie vielleicht eine Kostbarkeit.

So? Wir haben sie als Untersetzer für Kochtöpfe verwendet, sie sind bald zerbröselt.

1 Adolf Loos, 1870 bis 1933, österreichischer Architekt und Architekturkritiker

2 Karl Kraus, 1874 bis 1936, österreichischer Schriftsteller und Publizist

3 Friedrich Austerlitz, 1862 bis 1931, Chefredakteur der *Arbeiter-Zeitung* und sozialdemokratischer Abgeordneter zum Nationalrat

Vielleicht waren es keine Untersetzer, sondern Bilder, die man hätte rahmen sollen.

Da waren Schlangen drauf.

Auch Schlangenbilder kann man rahmen.

Da hast du recht.

Was ist eigentlich deine früheste Erinnerung?

Der große Knall.

Was war das?

Im Krieg haben sie die Franzensfeste gesprengt. Das hat man bis zu uns nach Niederrasen gehört, und ich bin sehr erschrocken. Danach, wenn ich im Freien war, hab ich mir oft die Ohren zugehalten, aus Vorsicht.

Das ist deine einzige Erinnerung an den Ersten Weltkrieg?

Und mit dem Kaiser bin ich in der Kutsche gesessen, das hat die Pieps erzählt.

Nein, sie hat erzählt, ihr wart auf der Mariahilfer Straße, und der Kaiser Franz Joseph ist in einer Kutsche vorbeigefahren, auf dem Weg von der Stadt nach Schönbrunn.

Jaja, so war es wahrscheinlich, aber ich weiß das nicht.

Und den jungen Kaiser Karl, hast du den gesehen?

Nein, aber das Begräbnis von der Kaiserin Zita, seiner Frau. Aber da war ich schon kein Kind mehr.

Mami, das haben wir zusammen gesehen. Von der Wohnung der Kruntorads[1] *vom Graben aus. Der Alfred Hrdlicka*[2] *war auch dort und der Georg Eisler*[3]*. Die haben ununterbrochen Skizzen gemacht.*

Ja natürlich, das weiß ich genau.

Ich hab sogar eine Erzählung darüber geschrieben. Die endlose Prozession vom Stephansdom bis zur Kapuzinergruft, das Läuten der Glocken, die Tausenden Zuschauer, das war sehr beeindruckend. Sogar die alten, eingefleischten Kommunisten Hrdlicka und Eisler waren begeistert. Die Putti Kruntorad, die eine Monarchistin war, hat, als der Katafalk auf der Trauerkutsche von sechs Rappen gezogen vorbeifuhr, geschrien, »Hoch Habsburg«, und der Hrdlicka hat lachend gesungen, »Les aristocrates à la lanterne!« So amüsant werden, fürchte ich, unsere Begräbnisse nicht sein.

Du kannst ruhig lachen bei meinem Begräbnis.

Danke, aber worüber?

Das musst schon du selbst wissen.

Ich bin mir sicher, dass ich ernst sein werde, und du, in der anderen Dimension, lachst vielleicht. Willst du einen

1 Paul Kruntorad, 1935 bis 2006, österreichischer Publizist und Übersetzer mit tschechischen Wurzeln

2 Alfred Hrdlicka, 1928 bis 2009, österreichischer Bildhauer, Maler, Graphiker

3 Georg Eisler, 1928 bis 1998, österreichischer Maler und Graphiker, Sohn von Hanns und Charlotte Eisler

Priester bei der Beisetzung? Da gibt es dann vielleicht etwas zum Lachen.

Nein, religionsfrei genügt mir.

Wodurch hast du denn eigentlich das Katholische so verloren, dass du jetzt nicht einmal mehr eingesegnet werden willst?

Das kommt durch die Einsichten. Am Schluss hat mir die Sache nicht mehr imponiert, das mit den Kindern, das mit den Frauen, das viele Unehrliche. Der Kardinal König[1] war der letzte Gentleman in der Kirche.

Was ist für dich heilig?

Der Wind vielleicht.

Interessant. Was noch?

Die Sonne. Wind und Sonne leisten viel Gutes.

1 Kardinal Franz König, 1905 bis 2004, von 1956 bis 1985 Erzbischof von Wien

Neuntes Gespräch

André: Wie geht es dir?

Elisabeth: Bescheiden. Bist du böse auf mich?

Wie kommst du auf die Idee?

Du schaust so böse.

Tut mir leid, aber ganz im Gegenteil. Ich hab über uns nachgedacht und bemerke, dass es noch einiges gibt, wofür ich dir Dank schulde.

Du hast keine Schulden bei mir, alles ist ausgeglichen.

Ich will dir aber trotzdem sagen, wie großartig es war, dass du für das wahnsinnige Feuertheater in Lissabon sogar deinen Schmuck verpfändet hast, um mir zu helfen.

Das war wirklich Wahnsinn, aber hundertvierzigtausend Menschen sind gekommen.

Dann wäre ja alles gutgegangen, aber es sind mehr als eine Million gewesen. Die Titelüberschrift in einer Zeitung war »Mehr als beim Papst«. Auf den Ansturm waren wir nicht im Geringsten vorbereitet.

Na ja, man braucht halt gute Nerven.

Und loyale, fürsorgliche Schutzengel. Danke auch für die Geduld, mit der du jahrzehntelang die vielen Kränkungen und Aggressionen und herablassenden Bewertungen ertragen hast, die ich mir angemaßt habe, dir zuzufügen.

Na, leicht war es oft nicht. Aber ich hab halt auch so viel nicht verstanden und deinen Mut nicht gewürdigt.

Wollen wir alles Negative löschen? Schwamm drüber?

[Sie geben einander die Hand.]

Schwamm drüber. [Beide lachen.] Das feiern wir jetzt mit einem Obi gespritzt. Prost!

Prost!

Zehntes Gespräch

André: Wie geht es dir?

Elisabeth: Ausgezeichnet!

Das habe ich lange nicht mehr von dir gehört. Was ist denn geschehen?

Ich habe heute eine Seligkeit erlebt, ich war in etwas Großem.

Wie wunderbar, Gratulation! Du warst in etwas Großem. Und warst du selbst groß in diesem Großen?

Alles war groß und ein großes Glück.

Das klingt ja, als ob du eine Erleuchtung gehabt hättest.

Ich bin hier gesessen und hab mich so treiben lassen, und dann hat sich plötzlich der Raum mit etwas Gutem gefüllt. Ich hab sehr lachen müssen.

Wie lange hat das gedauert?

Ich habe nicht auf die Uhr geschaut, aber schon einige Zeit.

Und war das von dieser Welt oder aus einer anderen?

Das Andere hat sich, glaube ich, Platz geschaffen hier in diesem Zimmer.

War das ein reines Gefühl oder ein Duft oder ein Geschmack oder ein Klang?

Ein Gefühl wegen einer Anwesenheit.

Vielleicht war das die Anwesenheit des Göttlichen in dir und um dich. Hast du auch etwas gesehen?

Nein. Äußeres, die Augen, die Hände, waren ohne Bedeutung. Innen hat es mich besucht.

Und jetzt, was denkst du jetzt?

Dass ich es erlebt hab und darüber froh bin.

Ich beneide dich um diese Erfahrung.

Dafür kannst du mich auch beneiden.

Glaubst du, es hat dich auf das Fortgehen vorbereitet?

Wenn es in der anderen Welt so ist, bin ich sofort bereit zu gehen.

Hat sich in deinem Bewusstsein grundsätzlich etwas verändert durch dieses Erlebnis?

Ja, Schleier sind verschwunden und Unsicherheiten. Klarheit ist gekommen.

Kann ich irgendetwas für dich tun, brauchst du etwas?

Danke, nein. Alles ist so gut wie notwendig.

Soll ich noch dableiben?

Nein, geh nach Schönbrunn in dein geliebtes Palmenhaus und genieße den Tag.

Elftes Gespräch

André: Wie geht es dir heute?

Elisabeth: Ich schau mir zu.

Und was bemerkst du da?

Ich glaub, die Knoten sind fast alle aufgelöst, lange dauert es nicht mehr. Ich werde auch immer schwächer.

Du trinkst nur noch fünfhundert Milliliter am Tag und hast der Betreuerin gesagt, dass du nicht trinken willst, und ich hab sie gebeten, das zu respektieren. Du weißt ja genau, was du willst und was du nicht mehr willst.

Natürlich weiß ich das.

Die Helferinnen wollen halt helfen, das ist ihr Beruf.

Aber bestimmen will ich.

Das tust du ja Gott sei Dank auch.

Auch in meinem Alter ist man noch ein Bürger.

Natürlich, das spricht dir doch niemand ab.

Ich weiß nicht, die alten Leute genießen zu wenig Ansehen, und die uralten gelten als Dodeln.

Manche vielleicht, die tragischerweise häufig zu viele Pulverl erhalten, die sie sedieren. Es ist eine Infamie, was da manchmal in den Heimen und Spitälern an

Albina Bauer und Elisabeth, 2008

Ruhigstellung passiert, man raubt den Menschen achtzig Prozent ihrer Lebendigkeit.

Passt du auf mich auf?

Ich schwöre es dir, ich passe auf, die Albina[1] *passt auf, der Fritz passt auch auf und der liebe Zembaty.*

Der ist doch ein wirklicher Arzt, oder?

Natürlich, ein ausgezeichneter, sogar Primarius. Er gibt dir nur das Allernotwendigste und das Schonendste und in sehr geringen Dosierungen. In der Medizin wird meistens zu wenig auf die Nebenwirkungen geachtet. Der Zembaty ist da sehr penibel. Außerdem ist er mein Freund.

Im ganzen Leben wird zu wenig auf die Nebenwirkungen geschaut, auch bei den Partnern und was man den Kindern zumutet.

Darüber solltest du ein Buch schreiben.

Ich hab jetzt was anderes zu tun.

Was denn?

Einfach so sein. Wenn das Fenster offen ist, höre ich die Vogerl schön singen. Ich glaub nicht, dass die an morgen oder gestern denken.

Sicher nicht.

Die Vogerl sind gescheit.

[Pause]

1 Albina Bauer, Lebensgefährtin von André Heller

Spiel eine Musik!

Das Terzett aus dem letzten Akt des »Rosenkavaliers« und dann das Duett sind so überirdisch schön, das sind die am schönsten singenden Vogerl überhaupt.

Ja, spiel das.

[Nachdem sie die Stelle gehört hat, will sie, dass sie noch zweimal wiederholt wird.]

Das soll man oft hören, das ist eine gute Medizin.

Für dich und für mich auf jeden Fall.

[Elisabeth bemerkt, dass André weint.] Jaja, alles ist gut.

Zwölftes Gespräch

André: Möchtest du mir etwas sagen?

[Lange Pause]

Elisabeth: Es gibt einen Durchschlupf.

Wo?

In mir. Man zieht sich ganz in sich zurück und sammelt sich vor dem Durchschlupf.

Du meinst einen Ausgang für die Seele? Man verschwindet auf diese Weise aus dem Körper?

Wahrscheinlich. Man kann ihn benützen oder nicht. Aber es gibt ihn, und ich weiß es.

Wie hast du ihn gefunden?

Durch nicht suchen. Er war plötzlich da. Glaub mir.

Ich glaub dir hundertprozentig.

Das ist wichtig. Ich rede nur darüber, wenn du mir glaubst.

Großes Indianerehrenwort!

Wenn man den Durchschlupf nicht benützt, muss man anderswo durchbrechen. Das ist nicht so sanft und sehr unangenehm.

Du meinst, man bestimmt selbst, ob das Übersiedeln schwer oder leicht ist.

Ich hab den Verdacht.

Ist dein Leben derzeit nicht interessant wie noch nie?

Es war oft interessant, aber jetzt ist es ganz anders, alles ist innerlich.

Wann wirst du den Durchschlupf benützen?

Wann immer es stimmt. Es gibt jetzt keine Eile mehr. Ich weiß, es gibt ihn, und ich weiß, wo er ist, ich bin ganz ruhig.

Überhaupt keine Ängste?

Nein, den Tod gibt es so nicht. Er war ein falsches Bild. Er ist nur das Wort für den Durchschlupf benützen. Das ist dann der gute Tod. Das erstaunt mich jetzt doch.

Mami, was du erzählst, ist großartig. Du hast oft, wenn ich von der anderen Dimension gesprochen hab, gesagt: »Man weiß über den Tod nichts Genaues, es ist noch keiner zurückgekommen.« Und jetzt musst du gar nicht sterben und weißt trotzdem noch in dieser Dimension, wie es ist und dass der Tod nicht das Ende ist.

Ja, vielleicht ist das ungewöhnlich.

Jetzt kommt all das Ungewöhnliche, das in dir gewartet hat, zum Vorschein. Du bist sehr privilegiert, dass dir schlimme Ängste erspart bleiben und du in diesen wichtigen Tagen nicht auf Vermutungen und Hoffnungen angewiesen bist, sondern eine Gewissheit hast.

Dreizehntes Gespräch

André: Wie geht es dir?

Elisabeth: Ich werde vielleicht keinen vierblättrigen Klee mehr pflücken und keinen Flieder mehr blühen sehen.

Macht dich das traurig?

Na ja, der Klee wird ja auch mich nicht mehr sehen, so ist das irgendwie ausgeglichen, und auch der Flieder wird mich nicht mehr riechen.

Glaubst du, dass die Pflanzen Gefühle haben.

Ja, unbedingt, man kann mit ihnen reden, und sie antworten auch.

Was sagt denn der Orchideenstock am Beistelltisch, wenn du ihn fragst, wie es ihm geht?

[Pause]

Er sagt, er tut seine Arbeit und hofft, dass ich damit zufrieden bin. Er ist für mich und für sich schön.

Er kommt aus Thailand.

Dort gibt es das ehrlichste Lächeln. Auch Orchideen lachen. Die Blüten werden mich um eine Woche überleben.

Da bist du dir sicher?

Das ist nur Mathematik, sehr leicht auszurechnen.

Wie geht das, ich war in Mathematik doch immer eine Katastrophe.

Und jetzt bist du so ein Genie in Mathematik.

Mami, mit wem verwechselst du mich? Ich bin auf diesem Gebiet immer noch, was ich war, ein lupenreiner Depp.

Du willst es nur nicht zugeben. Die verborgenen Fähigkeiten sind eine List. Die braucht man für Überraschungen, um gewinnen zu können.

Was sind deine verborgenen Fähigkeiten?

Das Abwarten und die Hintergedanken.

Hintergedanken sind nicht gut.

Natürlich sind sie gut. Die Gedanken müssen ja nicht alles wissen, was in Frage kommt. Die Hintergedanken sind der reine Wein.

Du hast also schlecht informierte Vordergedanken und besser informierte Hintergedanken.

So in etwa.

[Pause, sie schauen einander lange an.]

Es wird immer begrüßt mit »Sehr geehrte Damen und Herren«, aber meistens ist keine einzige Dame und auch kein wirklicher Herr im Saal. Stil und Manieren sind fast gänzlich abgeschafft.

Wer war für dich ein wirklicher Herr?

Der Kardinal König und der Schauspieler Robert Lindner[1], du weißt schon.

Ja, wie er mit der Paula Wessely[2] die Weihnachtseinkäufe im »Anatol« gespielt hat; ich war schon als Kind fassungslos vor Begeisterung.

Das hat man oder man hat es nicht. Jetzt ist das eben leider nicht in Mode, da kann man halt nichts machen.

1 Robert Lindner, 1910 bis 1967, österreichischer Burgtheaterschauspieler

2 Paula Wessely, 1907 bis 2000, österreichische Burgtheater- und Filmschauspielerin

Vierzehntes Gespräch

André: Wie geht es dir?

Elisabeth: Ich mach Führungen.

Wen führst du und wohin?

Mich. Ich führe mich durch schöne Räume.

Welche zum Beispiel?

Den Stephansdom, da kenn ich das meiste. Nach einem Jahrhundert hinschauen hat man schon einiges gesehen. Die Marmorböden im Markusdom, da brauche ich keine Fotos. Das ist noch da. [Sie tippt sich auf die Stirn.]

Welches Gebäude hat dich, immer wenn du es gesehen hast, aufs Neue erstaunt?

Ich glaub, der Eiffelturm, so etwas ist dir noch nicht gelungen.

Gib mir noch ein bisschen Zeit.

Ich hab keine Zeit zu vergeben.

Wer vergibt denn Zeit?

Die Gesundheit natürlich, das ist doch klar.

Hast du jemand Älteren, als du jetzt bist, persönlich gekannt?

Ich glaub, die Großmutter von der Romy Schneider.

Ferdinand, Elisabeth und André,
Wien-Renngasse 2012

Richtig, die Rosa Albach-Retty, ja, die ist im Künstlerheim in Baden gestorben und war hundertfünf. Sie hat einmal geschildert, wie sie als Kind bei einem Ausflug am Land heimlich die Kaiserin Elisabeth gesehen hat und dass die Hofdamen ihr im Freien einen Paravent aufgestellt haben, hinter dem sie in einem Lavoir ihre falschen Zähne ausgewaschen hat.

Wer hat dir das erzählt?

Die Romy Schneider in München bei einem Nachtmahl zu meinem dreißigsten Geburtstag. Damals bin ich als Schauspieler in einem Film von Hans-Jürgen Syberberg aufgetreten. Der hieß »Hitler, ein Film aus Deutschland«.

Das weiß ich gar nicht. Hast du in vielen Filmen mitgespielt?

Etwa zehn werden es leider schon gewesen sein. Ich war ein armseliger Schauspieler.

Na ja, du bist halt immer du und vielleicht nicht besonders wandlungsfähig.

Genau, ich bin ehrlich gesagt an manchen Tagen schon froh, wenn ich den André Heller zusammenbringe.

[Elisabeth lacht.] Der André Heller ist mein berühmter Sohn.

Und der Franzi?

Mein kleiner Bub.

Das ist schön gesagt. Siehst du mich eher als André Heller oder als Franzi?

Als Rätselkind.

Wie meinst du das?

Ein Rätsel kann man doch nicht erklären. Sei bescheiden, das ziemt sich.

Aha, ich werde mich bemühen.

Fünfzehntes Gespräch

André: Mami, wenn du einmal jemand ganz Unerfahrenem erklären müsstest, was und wie die Menschen sind, was würdest du sagen?

Elisabeth: Dass sie sich häufig überschätzen.

In ihren Fähigkeiten?

Nein, in ihrer Wichtigkeit. Sie sind vielleicht fähiger, als sie glauben, aber unwichtiger, als sie denken.

Was müssten sie dringend lernen?

Bescheidenheit und Güte.

Wie lernt man das am besten?

[Elisabeth denkt lange nach.] Indem man nachts intensiv Sterne am Himmel betrachtet. Mein Gott, da muss einem doch auffallen, wie nichtig das Irdische ist. Zusammenhalt wäre doch das einzig Vernünftige. Die Politiker und Manager und Religionsführer müssten in jeder klaren Nacht den Himmel beobachten, dann wäre gleich vieles besser. Aber mich betrifft das ja nicht mehr. Demnächst zu Hause wird es ja die Dummheit nicht mehr geben.

Das ist eine irdische Spezialität. Zu Hause wohnt die höchste Qualität.

Kannst du dich an den Whisky erinnern?

Ja, das war unser Pudel in den fünfziger Jahren. Ein bisschen grauslich war er, verfilzt und hat gemiachtelt.

Unsinn, er war sehr gepflegt, einmal in der Woche wurde er shampooniert.

Und unser Wellensittich Kibi ist in deiner Erinnerung wahrscheinlich uralt eines natürlichen Todes gestorben.

Wahrscheinlich schon.

Mami, wir haben seinen Käfig jeden Abend mit einem Tuch zugedeckt, damit er im Finstern gut schlafen kann, und dann haben wir einmal drei Tage darauf vergessen, ihn wieder abzudecken; und am vierten Tag, als sich endlich jemand daran erinnert hat, ist er tot am Boden des Käfigs gelegen.

Was du für schreckliche Geschichten erzählst.

Aber so war es wirklich. Wir waren kein idealer Haushalt für Tiere. Für Menschen übrigens auch nicht.

Vieles war schwierig. Mehr Freude wäre für uns gut gewesen.

Woran lag die viele Angst und das Entmutigtsein bei uns zu Hause?

Ganz so arg war es doch nicht.

Für mich schon.

Du hast von Anfang an andere Maßstäbe gehabt. Von wem du die hast, weiß ich nicht.

Vielleicht von meiner Sehnsucht, dass man sich nicht abfinden darf mit dem, was einen traurig macht.

Sich fügen ist halt einfacher.

Aber in den Konsequenzen viel schwieriger.

So denken hab ich damals nicht können, es war mir nicht gegeben. Heute weiß ich es auch besser.

Sechzehntes Gespräch

Elisabeth: Da bist du ja endlich. Wo warst du so lange?

André: Zwei Wochen in Marrakesch. Ich hab dich doch jeden zweiten Tag angerufen und mit dir gesprochen.

Die Telefone sind so unzuverlässig und schaffen schlechtes Verständnis. Am Ende weiß man gar nix.

Da irrst du dich. Wenn ich am Telefon deine Stimme höre, weiß ich, ob du schwach bist oder neugierig oder traurig oder zuversichtlich.

Zuversichtlich für eine Rückkehr bin ich nie mehr.

Rückkehr wohin?

In eine Lebendigkeit wie früher, mit Reisen und Ausgehen und wenigstens Kino.

Kino könnt ich dir zu Hause auch ermöglichen.

Nein, nein, Kino ist eine große Sache, nichts Kleines. Kino ist nicht Fernsehen.

Da hast du allerdings ganz recht. Erinnerst du dich an besondere Filme?

Ja, die stummen. Das war noch was. Dann ist es immer lauter und greller geworden. Das Stumme war das Ausdrucksvollste, reden sollen sie am Theater.

Aber die Haneke- und Bergman[1]-Filme und die vom Fellini[2] hast du doch meistens großartig gefunden.

Die geben halt viele Hinweise.

Worauf?

Auf das Wesentliche.

Was ist das Wesentliche?

Dass man nichts überstürzt. Ein Schritt nach dem anderen, und von den Menschen muss es handeln.

[Sie zeigt ein Foto ihres Halbbruders Georg[3].]

Er kommt mich nie besuchen. Weißt du vielleicht, warum?

Ein Grund könnte sein, weil er schon sehr lange tot ist.

Aha. Ich hab mir schon so etwas gedacht, denn er mag mich ja sehr gerne und würde sicher kommen,

1 Ingmar Bergman, 1918 bis 2007, schwedischer Regisseur und Drehbuchautor

2 Federico Fellini, 1920 bis 1993, italienischer Filmemacher

3 Georg Reimers, Sohn von Pieps und Fritz Reimers

könnte er. Er war Kapitän freier Fahrt und hat ein Minensuchboot kommandiert im Hitlerkrieg. Alles haben sie für den Tod genützt, das Land, die Luft und über Wasser und unter Wasser.

[Längere Pause]

Im Roten Meer war ich auch einmal tauchen. Wie hat das geheißen, wo auch der Carry Hauser[1] immer war?

Eilat.

Genau. Jerusalem hab ich auch erlebt. Dort wohnen die Götter.

Welche denn?

Die von den Römern und den Juden und vom Mohammed. Die hohe Mauer für die Juden, da beten Männer und Frauen getrennt.

Vielleicht weil sie ganz unterschiedliche Arten zu beten haben.

Ja sicher, die Frauen beten um Vernunft und Frieden und die Männer um Erfolg und Siege. Das ist eine Tatsache. Ich will gar nicht daran denken, warum alles so ist, wie es ist.

1 Carry Hauser, 1895 bis 1985, österreichischer Maler, Bühnenbildner und Schriftsteller

Mami, warum ist alles, wie es ist?

Zu viele Menschen sind fähig, unfähig zu sein.

Wir zwei aber auch.

Nicht immer, aber immer wieder. Konsequent umzusetzen, was man bereits zutiefst als richtig und notwendig erkannt hat, ist oft sehr schwierig. Einmal wirst du es können, du gibst dich ja nie zufrieden.

[Pause]

Meine Beine sind so geschwollen, schau dir das an.

Da sollte man Lymphdrainagen machen, es staut sich offensichtlich.

In meinem Alter könnte es von der Früh bis zum Abend nur Behandlungen geben. Daran stirbt man dann endgültig.

Erinnerst du dich noch an den Durchschlupf in dir?

Ja, der steht zur Verfügung.

Hast du schon versucht, ihn zu benützen?

Da muss man aufpassen: Wenn man durch ist, ist man draußen. Da kann man nicht reversieren. Ich streife um ihn herum.

Wie eine Katze?

Ja.

Was vermutest du hinter dem Durchschlupf?

Eine Erwartung – etwas wartet auf mich.

Etwas Gutes?

Ja, sicher. Mit dem Schlechten hat es dann endlich ein Ende. Das wäre auch fad, das kennt man ja schon zur Genüge, wenn man über hundert ist. Beim Guten hat man Nachholbedarf.

Falls du wieder geboren würdest, was wäre die ideale Form?

[Elisabeth denkt lange nach.] Als große Sommerwiese. Das ist doch das Erfreulichste, die Blüten, der Duft, die Insekten, die Gräser im Wind, und alle, die einem begegnen, sind angenehm bereichert.

Und die Wissenden würden auf dir Heilkräuter ernten, und die Kinder würden auf dir spielen und die Liebespaare auch, und Picknicke würde man veranstalten, und die Viecher würden dich düngen.

Warum nicht, ist doch alles sinnvoll. Auf das Sinnvolle kommt es doch eigentlich an. Das Sinnlose nimmt genug Raum und Zeit in Anspruch. Was möchtest denn du als Nächstes sein?

Vielleicht ein wildes Gewitter. Das dauert maximal eine Stunde, blitzt, donnert, schüttet, stürmt, schneit und hagelt vor sich hin. Eine sehr intensive, turbulente Erfahrung, und dann ist es auch schon vorbei, und man könnte sich gleich der nächsten Inkarnation zuwenden. Da geht wenigstens was weiter. Vielleicht könntest du aber in gewissem Sinn meine Mutter bleiben. Eine Sommerwiese mit einem Kind, das ein Gewitter ist. Ich würde dich mit meinen Wetterlaunen unterhalten, aber auch höflich darauf schauen, dass du dich in keine Mure verwandelst.

Ja, so machen wir es.

Siebzehntes Gespräch

André: Servus Mami! Wie haben wir es? Ausschauen tust du gut, wie immer.

Elisabeth: Man muss sich halt pflegen. Verwahrlost war ich Gott sei Dank nie. Es ist schrecklich, wie sich manche Leute gehenlassen. Als ob der Spiegel noch nicht erfunden wäre.

Ich empfinde es auch als Respektlosigkeit sich selbst und anderen gegenüber, aber offenbar verlieren viele irgendeinmal völlig das Interesse an sich selbst.

Die Mode ist auch oft eine Respektlosigkeit und Zumutung für den Betrachter. Wenn man die Kleidung und Frisuren bestimmter Menschen anschaut, sind sie wandelnde Ahnungslosigkeit, was ihnen nützt oder schwer schadet.

Jeder hat das Recht, nach seiner Façon unglücklich zu werden.

Wenn das das Ziel ist, dann macht die Mehrheit eh alles richtig.

Kannst du eigentlich selber nähen?

Das hat zu meiner Zeit jedes Mädel können. Was ich ziemlich gut kann, ist stricken.

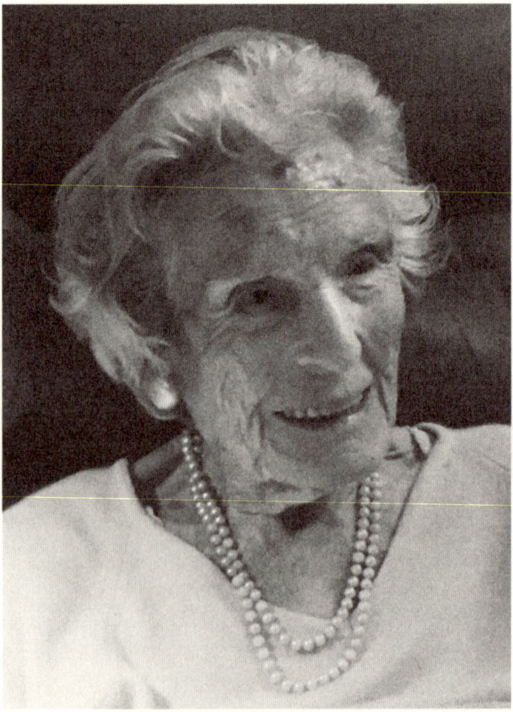

Elisabeth, Sommer 2016

Ja, ich erinnere mich noch an die furchtbaren Pullover, die du mir in den fünfziger Jahren gestrickt hast. Meistens hast du das Monster begonnen und es dann in einem Geschäft, das Strickwaren de l'Église geheißen hat, fertigstellen lassen. Auf der Lainzer Straße war das. In dem Haus Ecke Altgasse, wo der Doktor ordiniert hat, der so stolz drauf war, der Hausarzt vom Egon Schiele gewesen zu sein, der ja bekanntlich blutjung gestorben ist. Eine ideale Reklame für den Herrn Obermedizinalrat war das nicht.

Meine Pullover waren aus bester Wolle.

Und wirklich schiach.

Du bist ein undankbarer Fratz.

Wenn es dir wichtig ist, für deine einzigartigen Strickkünste in Erinnerung zu bleiben, lüge ich gerne mit und schlage als Grabinschrift vor: Hier ruht Elisabeth Heller – Genie der Maschenkunst und Paganini der Norwegermuster.

Frotzeln kann ich mich selber.

Das ist gut, Selbstironie zählt zum Wichtigsten im Leben.

Ja, wer sich zu ernst nimmt, ist bald lächerlich.

Vielleicht nehmen sich manche so ernst, weil sie instinktiv spüren, dass andere mit einem guten Blick und gutem Ohr sie lächerlich finden, und dann wollen sie wenigstens einen haben, der ihr Getue und Sich-Aufplustern besonders ernst nimmt. Ich selber war als junger Mensch auch eine Zeit lang so.

Ja, du warst sehr überheblich und intolerant und unbarmherzig.

Genau. In der Hoffnung, dass mir niemand auf das in Wahrheit angstschlotternde Wesen, eingeschlossen in Komplexe, draufkommt. Ich hab immer rasch zugeschlagen, damit nicht der andere mich zuerst kränkt. Mein armseliges Weltbild war, dass ich von Feinden umzingelt bin.

Ich hab mich bei Kränkungen in eine innere Höhle zurückgezogen, wie in einen Bunker. Warten, bis die Gefahr vorbeigezogen ist.

Hast du es dann später reflektiert?

Eher verdrängt.

[Pause]

Das ganze Verdrängte ist ja irgendwo und meldet sich im ungünstigsten Augenblick wieder.

Was ist der ungünstigste Augenblick?

[Elisabeth lacht.] Für einen Verdränger ist, glaub ich, immer der ungünstigste Augenblick.

Du bist so klug, Mami, und einsichtig. Vielleicht sollten wir aus diesen Gesprächen ein kleines Buch machen, die Verwandtschaft wird auf das Äußerste erstaunt sein, wie radikal sich dein Denken in relativ kurzer Zeit verändert hat.

Die Ernte kommt halt am Ende der Saison, und meine Saison ist eigentlich zu Ende. Es ist seltsam. Ich bin sehr, sehr schwach und müde. So kann ich nicht durch den Durchschlupf. Etwas an Kraft braucht man dafür schon.

Es bedarf für das Aus-dem-Körper-Gehen einer letzten Anstrengung?

Es scheint mir so.

Dann müsstest du dir einige Tage äußerste Schonung und Schweigen verordnen und Reserven sammeln, die du dann für die Übersiedlung nützt.

Machen das andere so?

Ich habe keine Ahnung, Mami. Vielleicht gibt es aber auch Helfer-Wesen, die einen durchtragen in die nächste Dimension, so Abschieds-Hebammen.

Möglich ist alles.

Bitte um die wirksamsten, sanftesten Hilfen. Lass uns beide darum bitten, aber nur wenn du das zu hundert Prozent willst.

Es wird ja schon absurd.

Was?

Das Hierbleiben.

Wenn du überzeugt bist, deine Möglichkeiten ausgeschöpft zu haben, und es nichts mehr zu lernen gibt, dann heiße den Seitenwechsel willkommen.

Ich weiß nicht, was mich zögern lässt, das muss ich noch erforschen.

Ich wünsche dir Klarheit und die Fähigkeit, zum richtigen Zeitpunkt die richtige Entscheidung zu treffen.

Das ist lieb von dir. Komm her, ich mach dir ein Kreuzerl auf die Stirn.

Achtzehntes Gespräch

André: Was geht in deinen Gedanken vor?

Elisabeth: Versäumnisse.

Welcher Natur?

Ich hätte sichtbarer sein müssen, hab mich immer in den Hintergrund drängen lassen.

Von wem?

Meine Geliebten haben sich nie zu mir bekannt.

Ich weiß, Mami, ich fand das sehr traurig, auch unverschämt und feige.

Es lag an mir, ich hab es zugelassen. So hat sich nie eine wirkliche, vertrauensvolle Beziehung ergeben. Das ist ein bedauerliches Versäumnis.

Hast du dich denn zu dir bekannt?

Nicht zu meinen Talenten, ich hätte einen Auftrag erfüllen können.

Was empfindest du als dein wesentlichstes Talent?

Vielleicht weiß ich das erst jetzt in der späten Klarheit. Geschmack wäre es gewesen. Linien des Geschmacks hätte ich anderen aufzeigen können und des Stils, auch Mode hätte ich selbst entwerfen können. Aber es ist mir nicht als dringender

Wunsch erschienen, und jetzt ist nichts mehr zu machen. Ich war zu wenig eigenständig sichtbar. Warum ist mir das nicht früher aufgefallen?

Ich vermute, weil du dir erst jetzt wirklich auf den Grund gehst, da entdeckt man allerhand. Jetzt ist Hinlenkung dein Thema, vorher war es zumeist Ablenkung.

Statt ins Burgtheater gehe ich in mich.

[Beide lachen.]

Ah, Mami, das ist ein Ausspruch, der ein Klassiker werden könnte. Du bist auch um vieles origineller geworden. Noch so ein neu gehobener Schatz.

[Elisabeth schaut sich einige Minuten in ihrem Salon um, als sähe sie ihn zum ersten Mal.]

Es ist eigentlich ganz gemütlich hier, mit den vielen Büchern.

Willst du irgendetwas verändern in der Wohnung? Ein neues Möbel oder eine Tischlampe oder andere Vorhänge?

Nein, nein, es ist noch alles brauchbar. Das einzig sinnvolle Neue wäre hier ein Mond, das geht aber leider nicht.

Wie kommst du auf so etwas Merkwürdiges?

Ich habe seit Jahren keinen Mond gesehen. Am Abend bin ich doch nie im Freien, und gestern hab ich plötzlich bemerkt, dass ich mondlos lebe. Das bringt kein Glück.

Der Mond wirkt auch in der Wohnung, er durchdringt alle Wände. Auf mich hat er einen sehr starken Einfluss. Achtzig Prozent meiner aggressiven Stimmungen und Streitigkeiten sind bei Vollmond.

Aber der Mond ist vor allem ein Anblick, man muss ihn sehen, meinen treuen Gefährten. Er war so oft da, am Himmel, und ich bin gegen ihn blutjung, und er wirkt in jeder Form tröstend. Er ist nicht einschüchternd übergroß und hell wie die Sonne. Dem Mond kann man lange und direkt ins Gesicht schauen. Er ist sehr gütig.

Weißt du, dass ein arabischer Schriftstellerverband empört dagegen protestiert hat, als der erste Mensch den Mond betreten hat? Sie haben es eine unverzeihliche Schändung des poetischsten Objektes ihrer Literatur genannt.

Ja, das stimmt, da hat man auch nicht herumzuspazieren. Man spaziert auch auf einem Heiligen nicht herum.

Es wäre eine schöne Idee, statt immer nur Frauen und Männer, einmal einen Himmelskörper heiligzusprechen. Wunder hat der Mond sicher genug gewirkt und Milliarden Erdlingen über Jahrtausende ein Beispiel von Gelassenheit gegeben und viele Genies zu herrlichen Gedichten und Liedern inspiriert.

Völlig richtig. Und warum gibt es keine heiligen Tiere?

In Indien schon. Kühe, Schlangen und Ratten.

Aber Katzen und Hunde haben Verzweifelten mehr Trost geboten als die meisten Kirchenheiligen.

Dann lass uns jetzt einfach den Mond und Katzen und Hunde heilig sprechen. Der Papst maßt sich das Recht dazu ja auch an, tun wir es genauso. Übrigens spreche ich schon seit Jahrzehnten vom heiligen Joseph Roth[1] *und vom heiligen Franz Schubert*[2] *und vom heiligen Brâncuşi*[3] *und vom heiligen Buster Keaton*[4].

Aber wie spricht man heilig?

Indem man es verkündet und segnet. Das können wir beides. Ich verkünde kraft unseres Wunsches dem

1 Joseph Roth, 1894 bis 1939, österreichischer Schriftsteller und Journalist

2 Franz Schubert, 1797 bis 1828, österreichischer Komponist

3 Constantin Brâncuşi, 1876 bis 1957, rumänisch-französischer Bildhauer und Fotograf

4 Buster Keaton, 1895 bis 1966, US-amerikanischer Schauspieler und Regisseur

Universum, dass ab sofort der Mond in den Stand der Heiligkeit aufgenommen ist, dasselbe gilt für Katzen und Hunde. Jetzt musst du die Verkündigung segnen.

[Elisabeth macht ein Kreuz.] Ich segne sie.

»Pressburgers Lebensgeschichte ist ein Weckruf.«

Michael Schrott, F. A. Z.

Gertrude Pressburger war zehn, als Hitler in Österreich einmarschierte. Obwohl die jüdische Familie katholisch getauft worden war, musste sie fliehen. Ihre Flucht endete 1944 in Auschwitz. Gertrude überlebte den Holocaust – ihre Eltern und die zwei jüngeren Brüder wurden von den Nationalsozialisten umgebracht. Lange hat Gertrude Pressburger geschwiegen. Dass ein maßgeblicher Politiker in Österreich 2016 von einem drohenden Bürgerkrieg spricht, hat sie bestürzt. Per Videobotschaft warnte sie vor einer Rhetorik der Extreme. Dass ihre Worte Gehör finden, hat sie bestärkt, mit einer jungen Journalistin ihre Autobiographie zu schreiben: »Ich bin nicht zurückgekommen, um dasselbe noch einmal zu erleben.«

ZD Deuticke Zsolnay

Aufgezeichnet von Marlene Groihofer. Mit einem Nachwort von Oliver Rathkolb
208 Seiten mit Abbildungen. Gebunden. www.zsolnay.at